노 행 림

노 행 림

해에게선 깨진 종소리가 난다

해에게선 깨진 종소리가 난다

노 향 림 시 집

창비

차 례

제1부

편지

가는 해와 오는 해 사이

묵묵히 고개 숙여 수많은 생각을 하고

수많은 생각들이 자갈돌로 깔려서

반짝이며 있는 곳

아이들이 무성생식(無性生殖)의 열매 같은 젖망울을 내
어놓은 채

제기차기를 하며 한가하게 놀고 있는

근심 없는 카드 한장의 빈 터

해에게선 깨진 종소리가 난다

해에게서는
언제부턴가 종소리가 난다.
은은히 울려 퍼지는 소리 앞에
무릎 꿇고 한데 모으는 헌 손들
배고픈 영혼들을 위한 한끼의 양식이오니
고개 숙이고 낮은 데로 임하소서
하늘이 지상의 빈 터에다 간판을 내걸었다.
무료 급식소,
무성한 생명력의 소리 받아먹으려고
고적함을 견디며 서 있는 길고 긴 행렬
깃털처럼 야윈 몸들을 데리고
될 수 있는 한 웅크린다.
아무것도 움직여본 적 없고
스스로를 쳐서 소리 낸 적 없는 몸짓이다.
바람이 조금만 불어도 파동치는
해에게서는
수세기의 깨진 종소리가 난다.

로드리고를 듣다

1

밝은 조명 아래 꼿꼿이 서서 기타를 연주한다.
90세가 넘은 맹인 작곡가 로드리고 옹
슬픔이 깊게 파인 눈자위가 좀 더 어둡다.
기타를 뜯는 나무등걸 같은 손은
옹이 박혀 수전증으로 떤다.
아주 어린 시절 고향 마을에서 들었을
양식기 달그락거리는 소리가 팔굽에서 난다.
빛의 알갱이로 찍어놓은 점자 악보를
한점 한점 더듬으며
닿을 수 없는 깊은 세상을 가고 있을까.
그의 손에서 가볍게 구겨지는 음표들이
밤하늘의 보석을 실로 꿰고 있음을 보고 있을까.

2

나는 육조 다다미 방바닥에
배를 깔고 엎드린다.
무수히 부서지기만 하는 말의 알갱이를 부스러뜨린다.
줍고 주워서 다시 부스러뜨린다
목포시 산정동 벼랑에 높이 뜬 종탑에서
종소리가 싸락눈으로 소리 죽여서 낟알처럼
아득히 날리는.

댓잎 소리

도원(桃園)동엔 복숭아밭이 없다.
대신 담양에서 이사 온
작은 키의 시누대들이 산다.
커단 조경석 바위 옆
착검을 한 듯 부딪는 댓잎 소리
높은 층에 사는 내 방에도
부서져 들어와 잠 못 드는 날이 많다.

댓잎들도 불면증에 시달리는지
겨울철이 아닌데도 늑골을 보이며 마른다.
제 그림자를 얇은 요처럼 펴고는
비스듬히 드러눕는 놈
언제라도 우듬지 버리고 땅속의
제집으로 돌아갈 채비다.
한밤중까지 몰래
나직나직 사운대는 소리
낯선 몇사람이 그렇게

빠르게 지나쳐간다.

멀리 흐린 밤의 끝에서
시동 끈 시간만이 엎드려
한강 물줄기쯤에서
기어가고 기어가서 아득하다.

몸

고통은 살 속에다 못 박는 일이다.

탕 탕 허리 뒤 어느 벽에

척추 두번째 뼈에 못을 박나 보다.

시간이 휘두르는 사나운 망치에

내 몸은 이미 절반쯤 부서져나갔다.

어느 때는

천천히 눈 떠보면 몸의 폐허 대신

시린 하늘이 거기 보일 뿐.

닿을 수 없는 높이에서 너무 환한

빛으로 죽음이 가볍게 떠 있을 뿐.

그리운 서귀포 1

나는 가난했어요.
낡은 지도 한장 들고 서귀포로 갑니다.
마른 갯벌엔 눈 감은 게껍질들이 붙어 있어요.
가는귀 먹은 게들이 남아서 부스럭거립니다.
햇빛과 목마름으로 여기까지 버티어온 나는
바다를 앞에 놓고도 건너갈 수가 없어요.
아내의 나라가 보이는 곳까지 가까스로 닿습니다.
사랑한다는 말에 가까스로 닿습니다.
나의 처소는 이끼 낀 흙담벽이 둘러쳐져 있어요.
그리고 한 평 반의 바람 드는 방엔 닿을 수 없는
아내의 바다가 수심에 잠겨 출렁거려요.
그리운 쪽빛 바다 서귀포.

영산홍

노인 요양소
칠 벗겨진 담장 아래
생의 빈자리를 찾아 여인들이
해바라기하며 앉아 있다.

붉은 것들만이 눈부시게 아름답다고
거짓말처럼 붉은 그림자들을 제 몸 속에서
꺼내어 깔고 앉아 있다.

가물가물한 마음의 기억 속에
숙인 목덜미와 파인 가슴 속에
비밀한 사랑 몇장을 지갑처럼 숨겨넣고
가위 바위 보! 가위 바위 보!

그 소리 부드럽게 받아먹다가
벌레 먹은 고사목이 함께 놀고 싶다고
흩어진 옷매무새를 추켜올리는 사이

영산홍이 하루해가 길고 지루했다는 듯
다 저녁에 싱싱해진다.
사연 깊은 여인 같다
눈물나게 아름다운 이승의 한컷이여

지하 계단에서

어느 커피의 명가(名家)에서 시인과 약속했다.
지하 계단은 어둡고 깊어 하마터면
나는 발 헛디딜 뻔했다.
최근 심장 수술로 몸속 깊고 어두운 곳에
작은 칩을 넣고 다닌다는 시인
그렇게 생명을 연장시켰다며
그는 통 말이 없었다.
말수와 식사량을 줄이라는 의사의 권고라지만
갑작스런 변화가 생소했다.
고작 미소짓는 일이 그에게는 말이고 생각이다.
몸속에서 당(糖)이 나오는 나는 아직도
단 음식과 말수를 줄이지 못했다.
이따금 그의 손이 떨렸다.
찻잔을 잡은 손이 진동하는 재봉틀처럼
요동을 치고는 했다.
그 몸속의 칩이 작동하지 않은 것 같다.
나는 멍하니 한쪽 벽면을 바라본다.

늘 보는 그림이었지만 아랍의 대상(隊商)이
채찍을 들고 있는 풍경이 예사롭지 않았다.
사막 속 태엽 풀린 시간을 깔고 앉아
느릿 느릿 채찍질을 하고는 했다.
저 대상처럼 한 시절의 언어의
명가만 찾아다녔다
물 한컵, 양상추, 무순, 치커리로 채식을 하며
이제 사는 일이 고행이라고
후미진 오아시스라고……
오늘따라 시간이 가지 않고
마음만 일찍 기운다.
어둔 구름이 세찬 비바람으로 바뀌었는지
온통 바깥이 소란스럽다.

그리운 서귀포 2

이중섭의 붓끝에서 파랑 치고 뭉개진다.
바다엔 높은 파고 끊이질 않고
오늘은 갈치잡이배 하나 보이지 않는다.
오다가 잠적한 통통배 몇척,
뻘 속에 거꾸로 처박힌 바닷게들만 서둘러서
빈 게구멍 속으로 숨어든다.
어디론가 거꾸로 매달려서 가던
돛폭도 없이 매달려서 가던
맑게 갠 하늘은 가늘게 금이 간다.
더는 붙들 게 없어 붉게 취한 얼굴의
달빛에 기대던 서귀포 앞바다도
금이 가 갈라진다.
오지 않는 시간을 오래 견디고 선 이중섭의
초막 한칸.

마루

마른 걸레로 거실을 닦으며
얇게 묻은 권태와 시간을
박박 문질러 닦으며
미국산 수입 자작나무를 깐
세 평의 근심 걱정을 닦으며
지구 저쪽의 한밤중 누워 잠든
조카딸의 잠도 소리 없이 닦아준다.
다 해진 내 영혼의 뒤켠을
소리 없이 닦아주는 이는
누구일까.
그런 걸레 하나쯤
갖고 있는 이는 누구일까.

시간

철거중인 수인선 폐선로가
뻘밭 속에 파묻혀 있다.
제 살 속에 완강하게 끌어안고
집착처럼 버티는 동안
모든 길은 이 개펄에서 끊긴다

빗속에서 뒷걸음질치는 농게 몇마리
뚫린 입으로 게거품을 뿜어 올린다.
흐린 하늘을 가득히 띄운다.

수차가 부서진 채 나뒹굴고
바닥에 귀 대어보면
시간이 팽팽하게 걸러지는 소리
소금들이 체중을 내리는 소리

바람이 딱새 몇마리
수평선 위에 가볍게 내려놓는다

그 너머 햇살 맑은 바다에서
온종일 마룻장 삐걱이는 소리가 들린다.
옛 물길 거슬러오다가 발 헛디딘 허공이
밤도둑처럼 흥건히 잠겨 있다.

몸부림치지 않고는 한발짝도
건너뛸 수 없다고
뻘밭 속에 탈선한 고통 몇량이
더듬 더듬 느리게 얼굴 지운다.
소래포구가 저를 지운다.

강변 마을

찻집 '째즈'에 올라간다.
카펫 붉게 깔린 삼층 계단 옆에서
제 몸집보다 큰 트럼펫을 들고
흑인 가수 루이 암스트롱의 커단 눈망울이
잠시 나를 노려본다.

브랜드 커피엔 하얀 각설탕을!
카푸치노? 아니, 아니
나는 블랙만 마실 거야
블랙홀이라는 말보다도 더 검은 커피를?
그럼 그렇지. 검은 커피 한잔이
내 앞에 당도한다.
나는 강변 마을에 와서도
강변이 내려다보이는 창가가 참 좋다.

오늘따라 바람이 센지 짱짱한 구름떼만
하늘에서 펄럭인다.

브래지어가 흘러내리고
흰 속치마가 절반쯤 뜯기고 찢겨나간
구름을 보는 것이 참 좋다.

아직 봄은 일러서 오지 않고
꽃샘바람에 눈꺼풀 닫은 채
종일 공중을 향해 팔을 벌리고
벌서듯 서 있는 나무들
매캐한 매연 속에
푸른 잎을 틔울까 말까 생각중이다.
그 슬픔을 하나의 보석으로 마음의
블랙홀에 켜놓았다.
나트륨등이 반짝 켜진다.

밝은 미색 커튼 흔들리는 창가에서
블랙커피나 한잔!

깊고 푸른 밤

툭 툭 끊어지다 이어지다 했다.
베르디의 「나브코」 중에서 히브리 노예들의 합창이
잡혀간 유대인 포로들이 부르는 노랫가락이
한밤의 경전처럼 들린다.

방금 켠 조등이 걸린 골목은 발갛게 불을 달군 화로다.
흐린 하늘이 커다란 돛배같이 거꾸로 매달려서
누군가 승선하기를 기다리고 있고
비밀의 도선(盜船)이 있었는지 문 하나가 열렸다 닫힌다.

그가 생전에 즐겨 듣던 음악이 밤새
하늘 속으로 노 저어간다.
조객들이 왁자지껄 떠들며 들어갔다 나온다.
노래는 알 수 없는 슬픔으로 알알이 맺혀서
나에게로 서늘히 노 저어 온다.

그 장중함으로 나는 잠들 수 없다.

낡은 의자에 깍지를 끼고 앉아 생각에 잠긴다.
희미하게 켠 불빛마저 끄고 일어서서 듣는다.
열린 창가로 다가간다.

곡(哭)소리는 깊게 팬 처마를 따라 오래 떠돌다
어디에도 내려설 곳 없어 느리게 반복되다
문득 끊기었다.
새벽을 알리는 둔탁한 벽시계 소리가
시린 잠 속으로 내리꽂혔다 사라지곤 하였다.

몽유 1

한겨울 때 없이 무더기로 실밥이 터졌나.
한기 속에서 핀 유채꽃,
뺨과 뺨들을 비비며 웃고 있네
바닷바람 센 날 웬일이냐고
코 큰 돌하루방이 시무룩한 옆얼굴로
돌아선 남제주군 콘도,
밤새 창문이 덜컹거리네.

불빛 꺼진 먼 바다로 무거워진
머리 눕혀도 좀체 오지 않는 깊은 잠
토막잠 속에서는 어디선가 날아온
별똥별이 거짓말처럼 환하게 떨어지네.
후드득 몇점 갈매기들
신음도 없이 가볍게 날아다니네.

윗새오름 생이오름 가시내오름
노루생이오름 겹겹으로 낮게 오른

제주의 생소한 오름 속을 무슨 텃새처럼
날아다니다가 화들짝 놀라 깨어났네.

해오름이 가위 눌린 나를
물끄러미 들여다보네.
몽유 속의 낯선 암호 같기만한 제주가
붉은 선홍빛으로 장엄하게 해독되고 있네.

몽유 2

이번 생말고
내 죽어 다음 생 꿈꿀 수 있다면
만년설 휘덮인 히말라야의 도도한 거봉쯤
폭설 치는 변덕스런 날씨 속에 태어나리.

아무데서고 만나는 빙산 사원
혹한 속에 해체된 육신과 영혼 모두를
눈빛 날카로운 야생의 날짐승에게 황홀하게 먹히도록
폭설과 바람 떠메고 온 순례자처럼 나뭇가지에
흰 천 붉은 천 알록달록 걸어놓으리.

가난도 기꺼워 늘 행복해하는 순한 고산족 되고
나뭇가지에 소중히 간직한 종이돈을 퍼 공손히 바치듯
눈꽃 핀 한조각 영혼에게 조금만 더 머물다 가며
금빛 짧은 해 쨍쨍한 하늘을 향해
이마 서늘해지도록 기도하리.

설산에서 흘러내리는 차고 맑은 물 한방울도
소중히 여겨 손바닥 적서 세수를 하리.
환하게 눈 녹는 소리 몇방울씩 뚝뚝 떨어지면
받아 마시리 받아 적으리.

칼끝 같은 빙벽을 향해 소리치며 올라가는
메아리를 동무 삼아 자꾸만 올라가면
그새 몇시간이 지나가고 일평생이 지나가고
눈 깜빡 선잠을 깨치리.

감자를 삶으며

충남 당진의 깊은 산골로
선산이 옮겨간 뒤 수북한 잡초 속에
몇기의 무덤이 앉아 있다.
그 발치 아래 자투리땅은 감자밭이다.

그곳에서 캐낸 감자 한 상자가
내가 사는 고층 아파트까지 올라왔다.
붉은 황토가 묻은 감자알들은
임부의 배처럼 튼실했다.
속에다가 무슨 희망을 잉태하고 있는지
모두가 크고 둥글었다.

가만히 들여다보다가 모골이 송연해졌다.
오랜 시간 땅속 깊숙이에서만
안으로 뭉쳤을 응집력 탓이다.
감자를 씻어 안쳤다.

그들이 삶아지는 동안 스텐 냄비에선
끝없이 한 방향으로 질주하는 시간들이
쉭쉭 소리를 내며 뚜껑을 날릴 듯이 덜컹댄다.
누가 머리통을 쿵쿵 치받는 것 같다.

드디어 익은 감자를 식히고 한입 베어 먹는다.
잘 익어 혀끝에 살살 녹는다.
몇줄의 시편도 이처럼 잘 익어
입에 녹는 맛이 있다면 얼마나 좋을까.
시는 생각이 둥글수록 잘 익은 놈이다.

병

어스름이 오면 피가 돌지 않는다.
가로등이 불빛 안에 야윈 등짝을 걸어두고 있다.
비좁고 낡은 터널 안에다 나를 밀어넣는다.
삼십촉 알전구가 흐릿한 눈을 뜬 출입문을 나서면
넓은 세상의 하루가 나를 기다리는 걸까.
고수부지의 바람이 차다.
하안동—이대앞이라 쓴 버스 한대가
흉조처럼 휘익 고가 위로 날아간다.
마악 일어선 갈대들이 일렬횡대로 서서
서걱서걱 차려 자세로 집합한다.
삼삼오오 짝지어 안전모를 쓴 인부들
다 떠난 뒤 반쯤 고개 숙인
삽차와 기중기들 한가하게
마포강 물빛에 기대어 앉아 졸고 있다.
물은 돌고 돌아 소용돌이에서
저희끼리만 깔깔대며 내려간다.
강 하류 어디쯤서 두꺼운 모래톱 걷어내고

두 손 가득히 물을 떠 모았으나
내가 다다를 곳 두리번거려 찾아보아도
나를 흐르게 할 피가 없다.
어스름이 오면.

가을 기차

협궤철로엔 바다로 가는 가을행
기차가 다니지 않는다.
연착중일지 모르니 차표나 물리라고
아우성인 사람들
몇사람은 땅바닥에 멍하니 주저앉아 있고
몇사람은 철 놓친 여름 모자들을 눌러 쓰고
알아들을 수 없는 말을 중얼거린다.
쎌비어꽃들이 햇빛에 벌겋게 덴 손들을
들고 나앉은 울타리 너머로
갈 곳 없는 갈대밭은 녹슨 선로를 딛고 서서
무슨 일일까 궁금한 듯 고개를 내민다.
그 사이로 바람 몇량 끌려가고
지금껏 털끝만한 숨소리조차 내보내지 않는다.
정지된 시간들은 바닥 모를 깊이로 빠져들며
금이 간 얼굴을 들고 망연히 서 있다.
높이 떠오른 하늘이 가늘게 올이 나간
원단처럼 수척해지며 내려와 있다.

제가끔 몸 마르며 형형해진 사람들의 눈빛엔
담청색 바다가 숨어 있다.
수인선은 언제나 그 바다에서 출발한다는 것을
아무도 모른다.

옥탑방

영화 「노트르담의 꼽추」에서 카지모도가
여주인공 에스메랄다만 서슴없이
사랑하는 옥탑방의 주인같이
교회 뾰족탑의 밧줄에 매달려서
종을 치고 싶다.
세상을 아래로 내려다보며 햇빛이 맑게
목청 트는 소리를 내고 싶다.
고층 아파트에서 내려다보이는
뾰족탑 밑 방, 그의 야윈 몸이 펄럭인다.
종탑에 몸을 구겨넣고 그가 종 칠 때마다
날개 스치는 소리 허공에 가득하고
길들이 몸 저리는지 낱낱이 소리를,
제 귀들을 뚫는다.
후미진 곳 어딘가의 우화(羽化) 직전의 애벌레에게도
그의 등에 난 혹에도 길들은 살아 숨쉬리라.
새가 되려던 마음이 옥탑으로 끌고 갔을까.
매일 원형 철탑 계단을 내려와 그는

비둘기들에게 모이를 준다.
노란 물탱크가 놓인 옥상에서 뒤뚱거리며
뱃바닥 하얗게 뒤집힌 뭉게구름을 올려다본다.
그에겐 위를 올려다보는 일이 아찔하다.

강화읍 지나며

수문 앞에 표지판이 넘어진
강화읍 옥근리 일대는 순무밭이다.
비닐하우스들이 숨막힐 듯 도열해 있다.

안개주의보가 내린 마을 일대가
부풀어오를 대로 부풀어 하얀 홑청 이불로
펄럭 펄럭 날갯짓하는 사이
바다가 무슨 일인가 궁금한지
일어섰다 앉았다 한다.

수천 수만 평의 순무밭이 보일 뿐이다.
흙 속에 갇혀 흙 속에서 삭다가
그 보랏빛 몸뚱어리들이 일어서려고
안간힘을 쓰고 있을까.

길고 큰 이파리들이 유령처럼
흔들릴 때마다

먼 공중에서 바다갈매기들이
한꺼번에 깃을 치는 소리.

지나는 사람조차 없다.
군용차량 몇대만 헤드라이트 불빛을 켠 채
끙끙거리며 안개 속으로 사라지고
길을 찾아나선다 발 헛딛지 않으려
휘어진 길 따라잡느라 나는 휘청거린다.

낡은 목선들을 매어두고
강화도 앞바다는
5월 순풍에 순무밭이다.

제2부

도원길

도원(桃園)은 없다 도원 단지 밖은
언제나 정체불명의 세상이다.
도색(桃色) 짙은 봄이 소리소문 없이 와서
문밖에서 사라지고
낯선 바람 낯선 길 낯선 사람들이
와서 술렁거리다 돌아간다.

도로 중간에 주차한 구급차 한대
오랫동안 꼼짝 않는다.
누군가 이승을 떠났을까.
차문이 열리고 기사가 올려다보는
구름밭 속으로 막 건너가다 들킨
짧은 햇살의 뒷몸.

벼랑길을 따라서 세상 속으로
낮게 포복해가는 바람소리
후문을 지탱해주는 힘은 높고 험한 벽이다.

밤새 풀려 내렸는지
담장을 뚫고 나가 핀 나팔꽃들이
저녁이 다 되어도 마르지 않는다.

도원길 끝에 얹힌 천주교 용산성당
마리아수녀관 창문은 한번도 열린 적이 없다.
담 밖으로 손 내민 생소나무 가지 사이
이따금 박히는 새소리 몇점.

도원일기

이름은 도원동이지만
애초부터 무릉도원은 없다.
용마루 고개 아래 나지막이 엎드린
철길 건널목 건너서 중세 고성처럼
서 있는 고지대 아파트.

사람들보다 낯선 시간이 먼저
오르다가 잠적해버린다.
나는 더욱 힘들게 올라가야 한다.
저 삼십삼천까지 지붕 밑 다락방에
닿을 때까지

내가 사는 19층을 올려다본다.
베란다 유리창이 번쩍거리더니 무슨 음모처럼
이내 등 돌린 어스름이 등을 치자
새들도 화들짝 놀란 듯 떠올라 사라진다.

사방 길이 한곳으로 풀려 내리는
노인정 붉은 기왓장에 내려앉는
초겨울 추위 몇점.
문 없는 내부로 말짱하게 갠 하늘이
몰래 숨어들어온다.

입주민 환영 플래카드 아래
발꿈치 들고 흔들거리던 수국, 부처꽃, 붓꽃들
이사꾼들에 짓밟혀 뭉개어졌다.
빈 터 뒤 휴게소가 저 스스로 뒤집어져
폐허이다.
저 스스로 해체된 슬픔이다.

깨꽃 핀 날

붉게 혀를 늘어뜨린 깨꽃들에게서는
초경의 비린 냄새가 난다.
부끄럽게 피어 그 꽃의 이마에
한뼘의 가을이 와서
발 딛다 미끄러진다.
기척 없이 하늘도 내려오다
미끄러지고 미끄러지고는 한다.

여러 겹의 혓바늘 돋는 병을 앓던 그대
어느덧 맑게 목청 튼 깨꽃으로
피어나 있다.

부부새

용마루 언덕 아래 철로는 곡선으로 흘러내린다.
고압선 조심이란 팻말이 걸린 전신주에
부부새 한쌍이 앉았다.
철로를 첼로첼로 소리로 운다.
삼백년 묵은 여우 같던 느티도 밑동 잘린 지 오래,
슬픔의 부드러운 속살로 우는 울음소리가 이리저리
헤매다가 집들이 빼곡한 용마루 언덕까지 나온다.
재개발 환영 플래카드가 언제부턴가
바람에 찢긴 채 젖고 있다.
사람들이 떠난 지 오랜 빈집들이 유령처럼 서 있다.
닫힌 문 앞에 문고리를 흔들며 지나는 화물차 몇량
그 꼬리가 안개에 묻혀 보이지 않을 때까지
집들이 삐거덕거리며 문짝 떨어져나가는 소리를 낸다.
첼로첼로 악기 울음소리 그친 지 며칠째
부부새가 쪼던 햇빛이 동강난 지 며칠째
피가 밴 정적만이 나뒹구는 철로는
휘어져 곡선이다.

낯익은 봄

봄날이 빠르게 화면 위
아이콘처럼 떴다 지워진다.
임대 아파트 유리벽에 갈 곳 없는
비애 한가구가 남았다.

멋모르고 봄은
멀리 강을 건너려고
아지랑이를 바람처럼 피우거나
강 둔치에서
느리고 낮게 포복해온다.

단지 밖 자투리 땅에
넘어진 마음 일으킬 생각조차 없이
언제부턴가 부서진 휠체어 한대
햇빛만 쬐고 앉았다.
누가 두 발을 벗어두고 갔다 굽이 다 닳았다.
햇빛 두어 점이 부시도록 반짝인다.

수화(手話) 햇빛에게!
어디든지 낯익은 곳에
햇빛 많은 역에 닿으리라.
장애로 남은 발목으로 풀들은
절룩거리며 맴돈다.

그새 황사바람이 지나갔는지
쌀겨처럼 보얗게 시간을 뒤집어썼다.
아무리 귀를 막아도 들린다.
시멘트 벽에 기대어 근육위축증으로
몸을 뒤트는 봄풀들의
관절 풀리는 소리.

종점

폐기된 주차장 끝에
하늘이 모니터 화면처럼 껌벅이며
걸쳐 있다.

몇 트럭씩 운무(雲霧)가 주차한 사이
어디론가 출근 버스에 줄지어 몸 싣고
달리는 사람들의 선명한 늦가을 아침이
번쩍인다.

낚시꾼 두엇만이 세월 뒤에서
하릴없이 릴낚싯대를 휘두른다.
무수한 기포가 일고
미늘에 눈부시게 걸릴
그것은 무엇인가.

늦시간들이 한가하게 살과 뼈를
비비는 종점,

산발한 머리채로 흔들리는 풀잎들이
벌레 뛰는 소리를 먼 지상으로 타전한다.

키를 낮춘 윤중로 벚나무들
짚으로 싸맨 하반신은 아직 늠름하다.
유난히 배가 부른 외투 속에는
은빛 칼이 욕정의 남근(男根)처럼
숨겨져 있는지 모른다.

갈밭에서 부리 붉은 쇠오리떼
겁 없이 툭툭 마음 베어 튀어나온다
누가 일일이 검색하는가.
미처 작동을 끄지 못한 늦가을을.

용마루 언덕

언덕 위의 단선 철로엔
화물차 몇량이 소릴 죽이며 기어간다.
건널목 늙은 간수는 보이지 않는다.
슬레이트 지붕을 미끄러지며 빠져나온
새벽바람, 흔들리는 오동잎 사이로
등뼈 곧추세운 골격의 공룡 같은
아파트 단지를 올려다본다.

서둘러서 일 나온 인부들이 모닥불을 지핀다.
낡은 드럼통 속의 불꽃들이 타오르고
혀를 날름대며 달아오르는 공기에 얼비치는 노역들
누구도 말을 건네오지 않는다.
퇴적물들이 쓸려가고 삶의 바닥까지
뜯기고 나면 인부들이 꺼진 불꽃처럼
슬그머니 눈을 아래로 둔다.

하나같이 어깨가 굽은 사람들 남겨두고

새벽빛 걷힌 녹슨 레일 위로 날개 턴 새들이
일제히 날아오른다. 그 힘을 치받듯이
불을 켠 원조 해장국집들이 비스듬히 기운
쪽문 여닫는 소리 한가하다.

흐린 날의 병점 1

화성이나 오산으로 가는 갈림길에
병점은 엉거주춤 서 있다.
어디로든 숨지 못해 불빛 꺼진
통닭집 생맥줏집 입간판 뒤로 숨는다.
흐린 구름 올려다보며 구름 속으로
솟구칠까 말까? 얼핏 얼굴을 찡그린다.
끊긴 지 오래인 녹슨 선로 곁에
제 이름 지운 새파란 풀들이
서로 포갠 팔들을 풀지 않는다.
병점은 어디로 갔을까.
멀리 오리나무 숲 한채가 자주
몸을 뒤채며 꿈틀거린다.
그 곁에서 시간은 가볍게 뒤채는지
종이 구겨지는 소리를 낸다.
비가 올려나?
지나는 노인이 중얼거린다.
불빛 흐릿한 차량들의 꼬리가 사라지고

글씨가 거꾸로 걸린 정류장 팻말이
남몰래 바람에 건들거린다.
기다림이란 언제나 지루하거든
병점이 힐끔 돌아다본다.

바닷새들
―압해도

누가 높이 띄웠을까.
획 획 제 꼬리들을 감추며 가오리연들이
압해도의 하늘을 가득 메우며 떠간다.
감아치기 빗살치기 줄 끊어내기 전
바닷새들이 공중에서 내려와 사람들과
섞여 춤사위를 벌이며 바닷제를 올린다.
알 수 없는 은어(隱語)로 웅알거리며 제 꿈들을
둥글게 말아올려 제를 올리는 동안
색색의 집어등처럼 매단
무정란의 무화과 열매들이 가을볕에 익어간다.
해초 틈에 숨어서 기어가던 팔뚝만한 가오리들이
떼지어 집집의 마당으로 뛰어든다.
만선(滿船)이다!
말문을 튼 바다가 지느러미로 굼실거린다,
압해도엔 하늘과 바다의 경계가 없는 것도
그 때문이다.

철쭉

철쭉 한그루
궂은 잎들을 신음처럼 떨구고
겨울이 왔다.
햇살들이
수북이 쌓인 속에서
누군가의 속마음이 숨었는지
쉴 새 없이 바스락거렸다.

치우지 않고 놓아둔
작년에 작살난 말의 꼭지가
스르르 돌아나와 떨어진다.
눈도 없이 마른 겨울
한가운데로

차적이 없는 화물차가 와서
그 마을 몇 동(棟)을
주섬주섬 싸서
싣고 떠난다.

바닷가에서 보낸 한철

비만 내리면 발소리를 죽이며 걸어가는 사람이 있다.
울타리가 없는 뒤뜰을 통과하는 발소리는 비에 묻힌다.
가마니에 둘둘 말아 모로 누인 짐을 지게에 지고
가는 모습을 무심코 바라보고는 했다.

그가 홀로 짐을 지고 벼랑길을 조심조심 내려가면
나는 눈치채지 않게 살금살금 그 뒤를 따랐다.
좁고 꼬부라진 길을 다 내려가서 낭떠러지에 닿자
사방을 살피며 가만히 내려놓았다.
알아들을 수 없는 말을 중얼거리더니
갑자기 짐을 들어올려 힘껏 던진다.
순식간의 일이었다.

바다에 사람을 놓아주는 일이 그의 일이었다.
죽은 사람들은 왜 바다로 가는 것일까.
육체에서 영혼에서 벗어나면 사람은 비로소 자유로운
물결이 되는 것일까. 바다 깊이 심해어가 되는 것일까.

빗소리가 파도에 기대어 가득히 쓰러지는 소리
안간힘을 쓰며 다시 일어서는 신음소리

그가 바다에 건네준 혼들은 빗소리에 깨어나 헤맨다.
굶주린 갈매기떼들이 한꺼번에 날아와 깃을 치는 소리
작은 빗방울로 깨어나 재잘거리며 깔갈대는 소리
이따금 몸뚱어리는 성난 파도가 되어 오기도 한다.
바닷가 사람들에 건네준 캄캄하게 끊긴
내 꿈의 슬로우 비디오,
비 내리는 선창가에 금방이라도 상영될 것 같다.

뉘우침을 위하여

삼월의 잔설이 무슨 잔당들처럼
희끗희끗 숨어 있는 숲 속
신새벽이면
내부골격을 뚫듯이 첫발자국을 찍는다.

약초 채취꾼들이 부지런히 앞서가고
연장을 든 작목반이 뒤따라 오른다.
초보 채취꾼들은 돕퍼를 머리 끝까지
끌어올리고 손에 손에 알전등 불빛을
봄빛처럼 깜박거린다.
주파수를 맞춘 새소리들, 일거에 쏟아진다.

지금이 절정기라며 채취꾼들은
나무의 몸통에다 저마다 드릴로
구멍을 낸다.
구멍을 낸 나무들이 초경처럼
목숨의 하혈을 한다.

고로쇠들이 긴 탯줄 같은 비닐 주머니에
제 골수들을 낭자하게 쏟는다.
물 쏟는 소리 점점 커져오면서
숲 속의 나를 에워싼다.

수액 한모금 얻어마신 나는
알아들을 수 없는 이 나무들의 송신에
애써 주파수를 맞춘다.
나는 한편의 시에다 주파수 맞춰
혼신으로 목숨 쏟은 적 있는가.

을왕리 시편

을왕리까지 가는 먼 길
영종도 활주로엔 툭하면 날던 비행기들이
웬일인지 외계의 곤충떼같이 엎드려 있다.
캄캄한 격납고엔 반딧불이만한 불빛들이
낯선 암호문처럼 묻혀 있다.
가까운 듯 먼 바닷길까지의 도보, 나보다 앞서
몇 발짝 떨군 새 발자국 그 속에도
시간은 통신 두절이다.
기어가다가 만 갯벌들의 닳아빠진 뱃바닥
희끗거리다가 이내 바닷물에 지워지곤 한다.
발꿈치 들린 외눈박이 집어등들이 무슨 일인가 하고
반짝 불들을 켠다.
횟집 수족관의 활어들이 투명한 부레를 보이며
나갈 곳도 없는 바닥의 폐허를 애써 품에 안고
자는 듯 엎드려 있다.
멀리 바다 한가운데엔 무동력 바지선 한척 떠 있을 뿐
을왕리는 없다 통신 두절! 나는 막막함에게 타전한다.

을왕리말고 곧게 뻗은 이항리(離港里)는 없을까.
시장기만이 비릿한 횟집 안을 훑어내려간다.
낙지발들이 잔뜩 기어나와 기척없이 밤하늘을
빨아올려 먹물 들게 한다.
을왕리는 누구의 목을 타고 넘어갔을까.

남대천

수자원 보호구역,
물속에 침몰한 몇채의 군함 같은
구름들이 비스듬히 잠겼다.
그 구름 끝 거꾸로 처박힌
침엽수림이 돛대처럼 어둡고 엉성해서
빈 공간을 매달고 흔들린다.

남대천을 찾은 물총새들이
그 속 어디선가 노리고 앉았다.
자갈 틈에 잠복한 버들치 어름치
새끼 은어떼가 멋모르고 높이뛰기를 하면
우당탕탕!
순식간에 물은 뒤집혀 뜬다.
목만 뜬 적막이 따라서
잠수한다.

여름 동안 목 부러지거나 부리가

짧게 굴절된 새들이 떠난
남대천.
높이 지나쳐가다 모로 쓰러진 노을이
붉게 상처난 어깨를 내보인다.
그 선혈이 돌밭을 돌아 돌아
홍천강까지 붉게 물들이며 간다.
군함만한 구름들이 가라앉은 채로
뒤쫓아간다.

박쥐란 1

전자동 시설의 온실 속
열대의 하늘을 몇채 끊어다 펼쳐놓았다.
처음 보는 박쥐란이 잠복해 있다.
대낮에도 빈사 상태로 감긴 눈
그 형상이 꼭 잠 속에 든 박쥐같이 신기했다.
낮과 밤 아열대와 한대 그 중간에 매달리는 처세로
난은 얼마 후 무딘 발가락을 세우고
날아오더니 나를 덮쳤다.

나는 제주의 하늘을 날았다.
하늘 속을 뒤지다가 석순과 종유석을 몰래 만진다.
아무도 손댄 적 없는 좁다란 천장에 매달린
긴 고통의 끈 같은 말을 풀어내다가
끊어져 화들짝 놀랐다.

말을 풀어내느라 낮과 밤을 바꾼 나는
박쥐란을 보고 온 뒤로 아파트의 창문마다

거꾸로 매달린 또다른 박쥐란들을 본다.
어딘가 헤매다가도 밤만 되면 숨가쁘게
기어 오르내리는 창백한 얼굴들.
그들과 함께 사는 일이 새삼스럽다.

맑은 날

길을 가다 멈춰서서 보았습니다.
하르르 꺼질 듯 졸다가 깨어나다
제 눈 속에 눈다래끼만한 하늘을
밀어넣고 있는 풀꽃
애기똥풀꽃! 하고 속삭여주자
하늘은 어느덧 배경음악처럼
은은히 깔리고 미풍에 흔들리는
또다른 푸른 커튼이 되어주었지요.
때마침 지나는 바람이
불쑥 그의 등을 칩니다.
노랗게 시든 깨알 같은 쓸쓸함이
우수수 쏟아집니다.
마음을 마구 토합니다.
어디선가 침묵새 한마리 아득히
침묵을 흘리는지
하늘과 땅 사이에
혼자 앉은 애기똥풀꽃이

글썽이는 눈물도 없이
자꾸만 시드는 제 귀를 쫑긋댑니다.

물속에서 흔들리기

맑은 하늘에 유리 조각이 무수히 박혀 있다.
햇빛이 너무 강렬해 나의 눈을 쏜다.
낡은 몸과 마음을 벗고 갈대들이
고개 꺾고 개울 속에서 제 몸들을 들여다본다.
개울 속에는 또다른 세상이 있군.
물속에서 흔들리는 갈대는
자꾸 제 얼굴을 건져올리고 있다.
다른 얼굴의 하늘이 와서 함께 건져올리고 있다.
어느덧 나에게까지 튀는 뜰채 같은 물방울.

어느 따뜻한 날의 기억

나는 사은품을 받지 않았네.
은혜를 사례하는 지구가
연처럼 떠올라 아뜩하게 뜬 날
나는 다만 살림방 하나와 상상력을
사은품으로 받았을 뿐이네.
몸이 높이 높이 떠오르는 건
누가 나를 간단없이 펼쳐주고 받아준다는 사실
직각으로 떨어져도 양팔을 활짝 펴서 받아주는
그이의 숨은 이름은 알 수 없네.
그이의 남아 있는 체온으로도 살아 부푸는
이 번쩍거림 혹은 날빛조차 공짜여서
몸 달아오른 세상은 아름답다고
다만 중력이 있다고 믿을 뿐이네.

안면도

이 여름 배낭 하나 메고 나서면
출가하듯이 몸 가벼워지네.
한끼쯤 거르고 차창에 기대다가
버스가 급커브를 돌 때마다 누군가의
어깨에 마구 휩쓸려도 좋네.

해미산 능선을 넘고 또 넘으면
슬금 슬금 나타나는 팻말에 고남(古南)땅
그 눈썰미엔 논배미 몇이 기어가고
그 너머엔 안면도
나는 벌써 마음 반짝이는 딸기별이 되네.
꽃지와 바람아래 해수욕장이거나
바다와 바다 사이에 낮게 엎드린 섬이 되네.

햇빛 속에 반쯤 허리 꺾인 망초꽃들
몇몇은 목례를 보내고 있네.
어선들이 급하게 빠져나간 흔적,

손바닥만한 햇빛을 투망하러 갔을까.
썰물 속엔 바위 하나가 우두커니 서 있네.
굴 따러 간 제 아내를 천년이나 기다리는
선바위라고 하네. 서 있는 좆슨바위?

밤이면 노송들 사이에서 포효하는
울음소리 나만이 듣네.
안면은 내 안면에 잠 같은 건 주지 않네.
백사장에서 발목 삔 기억의 저편에서
아직도 내 늑골에 유령처럼 떠다니는 안면
침몰하는 시간만 내게 주는 몸짓으로
밤을 하얗게 지새라 하네.

강변북로

북로는 강변 아래에 있거나 위에도 있다.
차량들이 끝없이 밀리는 다리 아래엔
강물이 반짝이며 흘러간다.

급제동이 걸린 시간 위에서 초조하게
달리기만 하는 사람들 상처 싸맨
마음 어느 한곳이 다 닳아
누수가 심하거나 침하가 되는지
고개를 차창 밖으로 내밀고
시동을 끄지 못해 우왕좌왕한다.

살아 있음의 사잇길에서 긴 터널에서
아직도 못 빠져나온 바람들이 끙끙대는 소리
자유로에서 좌회전한 차들이
옆구리가 썬팅된 검은 동체 같은 차들이
멀리 혹은 가까이서 외면한 채 지나간다.
운전석 옆에 앉은 나는 안전띠를 더욱 조여맨다.

햇볕 차단기를 내리고 보면
아직 가본 적 없어 아름다운 산문(山門) 하나 보일까.
애초에 없는 북로의 끝,
발이 부르트도록 걸어가 두근거리는 마음
밀고 가면 눈부시도록 푸른
오아시스를 만날까. 금빛 마차를 끄는
말방울 소리를 만날까.

슬픔 한무더기 고인 내 마음에
바퀴자국 지나간 흔적 선연하다.
길 안팎에서 꿈결처럼 뒤흔드는 경적소리
멀리 잔설(殘雪)처럼 흩어진다.

들길

잡초 무성한 들판을 걷는다.
기억을 잃은 시아버지의
한달분의 약처방전 받으러 가는 길
로도핀 아리셉트 치매약 성분의
알약을 삼킨 탓일까.
서로 다른 몸짓으로 쑥부쟁이 개쑥
냉이 땅버들도
멍한 낯빛을 하고 있다.
알아들을 수 없는 말들을 입속에 넣고
가득 굴리고 있다.
흩어지는 햇살이 멀리 양평 쪽 강물 위에
은화처럼 쏟아져 구른다.
그 속에 거꾸로 처박힌 야트막한 산들이
팔짱을 끼고 비켜서 있다.
하반신에 풀이 돋는 바위도 보인다.
치유할 수 없는 병마에 시달리면
산풀도 나지막하게 얼굴이 뜨는 것일까.

버드나무가 발바닥 적시며 몸 가렵다고
박박 긁는 소리
발소리 죽이고 아치형 철제 대문이 슬며시 열린
병원 안마당에 들어선다. 아무도 없다.
삶과 죽음의 경계를 모두 잊은
끝 모를 시간만이 고여 있다.

제3부

경계

파로호 팻말이 넘어진 뒤에서
새벽이 힐끗 뒤돌아본다.
참붕어잡이를 위해 외진 곳에
터 잡은 층층 낚시꾼들
좌선하듯 등 돌려 꼼짝하지 않는다.

유속이 다른 상류엔 무엇이 숨어 있을까.
월척을 꿈꾸며 마음 바삐 달려온
초보꾼들이 랜턴을 끈다.
숨죽인 그들 앞에 잔챙이 시간들만
거품으로 올라온다.

눈 시린 푸른 핵심은 끝내
낚이질 않는다.
입질 붙는 짜릿한 덫의 세월에
걸려들지 않는 핵심은 스스로를 결박해
수심 깊은 곳에 눈 뜨고 숨어 있으리.

제 시름 낮게 끄고 잠 없는
보트 낚시꾼들은 삼삼오오 짝을 이루어
부표도 없는 경계 너머 재빨리
상류로 상류로 거슬러오른다.
쉼 없이 물이 차갑게 반짝인다.

남부요양소

언덕 끝에 오도카니 주저앉은 남부요양소.
매달린 얼굴들이 하나같이 창백하다.
망각이 크게 입 벌린
저 검은 입속의 검게 썩은 말들
히스트라짓 알약 냄새 밴
빈 병들로 쌓이거나 뒹굴며 있다.

그 사이 파랗게 봄물 든 버즘나무들만
피하 속에 검은 젖꼭지들을 수줍게 내민다.
멀리서 이를 외면하듯 등 돌린 나무들
지상에 더는 되돌려줄 게 없다고
겨우내 어깨가 기울어 있다.

철 늦은 눈발들이 트로트춤으로 내려온다.
저희끼리 손과 손을 맞잡고 팽그르르 돌다가
상한 폐들이 아픈지 쿨럭인다.
흐린 빛 흐린 무늬로 붉게

눈시울에 깔린다.

보이지 않는 누군가의 손이 와서
부푼 지상을 몇덩이 꾸러미처럼
쎌로판지로 감싸버린다.
가슴께까지 들어올렸다 내려놓는다.
얇은 막 속에서 버둥거리다가 빠진
트럭 한대.

비상등을 켠 속도들이 느린 걸음으로
길 밖에 나와 있다.
돌아나올 수 없는 저 길들 뉘어놓고.

꽃들은 경계를 넘어간다

꽃들이 지면 모두 어디로 가나요.
세상은 아주 작은 것들로 시작한다고
부신 햇빛 아래 소리없이 핀
작디작은 풀꽃들,
녹두알만한 제 생명들을 불꽃처럼 꿰어 달고
하늘에 빗금 그으며 당당히 서서 흔들리네요.
여린 내면이 있다고 차고 맑은 슬픔이 있다고
마음에 환청처럼 들려주어요.
날이 흐리고 눈비 내리면 졸졸졸
그 푸른 심줄 터져 흐르는 소리
꽃잎들이 그만 우수수 떨어져요.
눈물같이 연기같이
사람들처럼 땅에 떨어져 누워요.
꽃 진 자리엔 벌써 시간이 와서
애벌레떼처럼 와글거려요.
꽃들이 지면 모두 어디로 가나요.
무슨 경계를 넘어가나요.
무슨 이름으로 묻히나요.

으름난초

언젠가 으름난초를 보았습니다
소 한마리 없는 우도의 낮은 능선에
엎어져 잠이 든 으름난초들.
아기 손가락만한 잎사귀와 허연 뿌리를
부엽토가 꼭 끌어안고 있습니다.
붉은 부엽토를 헤치고
손가락 깊숙이 집어넣습니다.
꿈쩍도 하지 않아요.
이따금 제 허공을 걷어차듯이
발가락을 꼼지락거려요.
몰래 그를 캐내려는 마음을 그만
놓아버렸습니다.
이를 엿보았는지 하늘에선
마른번개가 지나가고 뇌성이 울었습니다.
나는 깨어나지 않은 채 깊고 어두운
몽유 속에 어디론가 유배되어 갔어요.

분꽃 지는 날

분꽃 흐드러지게 핀 요양소 담벽 아래
갈라터진 느티 밑동에 노파들이
윤기 없는 손으로 손거울을 움켜쥐고 있다.

더러는 여름 한낮의 햇살에 안겨 졸고 있고
더러는 그늘을 찾아 죽은 나무에도
꽃이 핀다고 쭈글해진 젖꼭지를 드러낸 채
흰꽃 분홍꽃 다 피운 까만 꽃씨들을 따서
너른 돌에다 짓찧는다.

콩닥 콩닥 짓찧는 소리 멀리 돌아
꽃구름 사닥다리로 가파르게 올라가고
뽀얀 분가루가 다비식을 끝낸 뼛가루처럼
풀썩 풀썩 날린다.

붉은 꽃떨기 핀 시절은 어느 결에 지나가고
만지면 우수수 지거나 바스라질 듯한 몸으로

아직도 그리운 것은 남아 왈칵, 목멘다고
분꽃가루를 검버섯 핀 얼굴에 찍어 바른다.
반사된 손거울만한 햇살이 저만치서
엉겨 눈이 부시다.

어디선가 한번쯤 보았던 저승꽃이 핀 얼굴들엔
분이 먹혀들어가지 않는다.
잘 여문 분꽃 씨앗들이 제 몸 밖으로 밀어내는
사리처럼 툭툭 떨어져 나뒹군다.
요양소 너머 저녁 어스름이 짙다.

폭설

눈발이 날린다.
누가 공중에서 당기는지
침엽수림 활엽수림의 어깨가
활시위처럼 휘어 구부러진다.
텅 텅 내부골격인 늑골 부러지는 소리.

떠도는 눈들이 공중에서 내려갈까 말까
망설이는 사이
언제 대관령에 들어와 갇힌 삶들
이리 밀리고 저리 떼밀린다 무겁다.

한밤내 붉은 수기(手旗) 한장 꽂아두고
누구에겐가 구원을 요청한다.
싸늘히 식어 두절된 마음 안전띠로 묶어
눈 그치길 기다리는 사람들
엉긴 차들은 라이트를 켠 채 끙끙거린다.
제설차는 올라오지 못한다.

눈꽃 피운 나무들만이 어둠 속에
소리없이 주저앉아 있고 갇힌 삶들이
눈 발자국 찍으며 이루지 못한 꿈을
스스로 난반사한다. 마음의 추위를 견딘다.

누가 활시위를 놓아버린 것일까.
고압선에 닿듯 비명을 지르며 쏟아져내리는 눈들
어느덧 두루마리로 펼쳐지며 길을 만든다.
두루마리 위로 가장 눈부신 순금의 언어를
깔기 위해 눈은 그치지 않고 내린다.

폭설 그 후

공중에서 설사처럼 폭설이 쏟아졌다.
설사가 멎고 휴지처럼 뜯어 쓴
구름 몇조각이 낄낄거리며
흩어진다.

차령산맥 건너 노령산맥까지 내려와
찾는다 제 차가운 치마폭을.
발가벗은 하반신을 찾느라
부산하다.

철썩! 저기압의 능선이 일직선으로
잘린 어깨로 쭈그려앉는다,
어둠 속에서 더 빛나고 싶은 것이
있는지 영산강 하구언이 웅성거리며
환하다.

허공이 목을 뽑고 지켜보다가

쓸쓸히 한쪽으로 몸이 기운다.
몰래 흙물을 썼던 지난 여름이
초라하니 걸려 있다 어느새
잠적했다.

꽃을 켜다

습한 공기가 제 몸을 짜서
내다 넌 등꽃 그늘
그 아래는 무더위가 점령했다.
수십 송이 보랏빛 꽃잎이 비듬처럼 떨어지고
내 발등을 덮는 동안은 눈이 부셨다.
그러나 향기는 나에게까지 건너오지 않았다.
그 독한 향기들은 어디론가 뛰어가
길 잃은 모양이다.
속절없이 기다리는 동안
재로 삭아내려 꽂히는 한 움큼의 시간,
누군가 두런거리며 지나갔다.
까마득한 높이에서 무형의 길들이
피어나는 일은 꿈이었을까.
대낮에도 환한 얼굴 내다 건
등꽃들의 거푸집은 따로 있었구나.
등꽃 밖의 세상이 점점 어두워온다.
이리저리 휩쓸리는 사람들의 거리엔
창백하게 매달린 가등 대신 꽃을
켜기 시작한 날.

등꽃

어느날 헐린 집터 자리
등나무 한채 아직 남아 있네.
천산사막을 걸어가는 고행자처럼
몸 비틀어 올리네.
그 밑에는 기진한 풀들이 귀를 쫑긋거리며
다라니경 두어 줄 휘돌려 감으며 듣고 있네.
청청하늘에선 생피란 생피는 모두
퍼내주며 풍경소리를 슬쩍 흘려주네.
생은 고해의 바다라고 온 삭신에
진물이 나도록 등꽃들은 몸을 펴서
보랏빛으로 세상 물들이네.
사막의 순례자들처럼
손나팔 입 모아 소리치고 있네.
영혼의 씨앗 박듯이 드디어
제 자신 속으로 걸어들어가
곡기 끊고 소리 끊은 채
없는 길을 내고 있는
등나무 한채.

살아 있는 날의 슬픔

베란다 화초에 물을 준다.
물을 흠뻑 받아먹고
굶주렸던 화분들이 지상의 풀밭마냥
싱그럽다.

고개 쳐든 잡종란의 이맛전이 매끄럽다.
창밖 붉은 구름들이 푸줏간의 정육들처럼
짝채로 걸려서 무슨 생각에 잠겨 있을까.

산동네 폐업한 의원 건물 옆 쓰러져 있는
유모차 한대 어디선가 온 어둠들도
망가진 채 쓰러져 나뒹군다.

구근을 드러낸 양란들이 잠에 빠져
엎드려 있다.
화촉 위의 벌레를 잡아주자
잎들이 창창하게 끝을 펴며 일어선다.

물 다 뿌린 물뿌리개의 구멍이
어느덧 퀭한 눈으로 나를 바라본다.
그 폐쇄회로 같은 시간의 구멍에서
같은 날 이승을 떠난
두 사람의 시인.

삶과 죽음의 경계란 없다고
어느 미확인 행성이 출현한 듯
벌겋게 물든 저녁 노을이
짧게 일렁인다.

미처 지상을 빠져나가지 못한
정물들이 종일을 젖은 채로
뒤척이는 소리.

개밥바라기별

고만고만한 살붙이들과 함께 개울가에 살았네.
가난한 시절 마당가 개집 앞에
찌그러진 양푼 하나 덩그러니 놓여 있네.
오늘 그 속에 가득히 뜨는 별을 보네.
바람 한점 없이 놀 꺼진 서녘 하늘
이팝꽃 핀 사이 불쑥 얼굴 내민 고봉밥별
그 흰 쌀밥 푸려고 깨금발을 내딛었다가 그만
돌부리에 넘어지고 말았네.
허공에서 거적 같은 어둠 한잎 툭 지고
아직도 마른하늘에서 굴러 떨어지는 아픈 별 하나
그 별 받으려고 나는 두 손 높이 받쳐들고 서 있네.
어머니가 차려놓아준 하늘밥상에
먹지 않아도 배가 부른 흰 고봉 쌀밥 한그릇.

음악

　찻집 '벼랑 위의 집'은 벼랑 위에 떠 있다. 음악을 듣는다. 맹인 로드리고가 뜯는 타레가의 「알함브라 궁전의 추억」이 달콤하게 흐른다.

　슬픔이 배어 있는 나의 오관을 파고드는 소리엔 수천 수만의 날개 뜯는 소리가 켜진다. 저마다의 추억 한컷 한컷마다 칸칸이 집을 짓는 새떼들. 벼랑을 궁전 삼아 깊숙이 숨은 괭이갈매기들의 머리와 앞가슴은 새하얗다.

　찻집 지붕은 푸르다. 나는 시간을 벗어버리고 커피나 한잔, 에스프레소 진한 맛을 오래오래 음미한다. 갈매기들이 다시 바닷가로 아주 느리게 날아가는 소리. 새들도 나처럼 야행성일까. 그들이 창문을 스쳐지나가다 긁힌 자국을 숨죽이며 바라본다. 내가 음악을 다 듣는 동안 열어놓은 반달 같은 쪽문으로 세찬 바람도 함께 들어왔다 나간다. 벼랑 위의 집 아래엔 텅 빈 바다가 언제나처럼 음악 소리로 은은히 펼쳐지고는 한다.

봄날은 가고

강 건너 윤중로는 아직 벚꽃 천지다.
흰 거품으로 세상이 화악
꺼지는 황혼녘

수북이 지는 세상을 꽃방석처럼 깔고
잠 못 든 불안들이 삼삼오오 짝을 이루어
점 백짜리 화투를 친다.

시간은 종일 쌓여 있거나 넘어져 있는 줄도 모르고

가지런히 앉았던 흑싸리와 팔공산이
환한 봄밤 몇장 까뒤집어 친다.
그들 등 뒤로는 강물이 무심히 깊어진다.

불 꺼진 공허하게 높은 빌딩에
돛배만한 간판을 발갛게 내다 건
용강동의 간이주점들

근처에서 덩달아 죽음처럼 뜬 마포를
다투어 싣고 섰다.

두리번거리며 술꾼들이 흩어져가는
새벽 두시 혹은 한시
누구는 긴 의자에 누워 눈꺼풀 지그시 닫고
홀로 꽃구름길 만나는지?
부서진 마음 보수중인지?

새벽은 도착하지 않는다고
헛바퀴 도는 시간들만
목 빼고 몇대씩 아프게 빠져나간다

박쥐란 2

여미지식물원 입간판을 따라 들어갔다.
대형 형광 불빛 아래 천장을 꿰뚫듯이
거대한 나무가 거꾸로 매달려 있다
일주문 기둥에 날개 같은 긴 이파리를
매단 박쥐란.

열대 우림 속에서 내뿜는 유난한 초록 안광의
눈빛과 마주친다. 그 위를 올려다본다.
지금은 8미터이지만 더 자라고 있음.
깨알 같은 글씨의 팻말이 가만히 눈을 끔쩍거린다.
잎새가 내 목을 휘감아 조여올 것 같아
나도 모르게 입구를 빠져나왔다.

꼬리 없는 새들이 발끝 감추고 제주의
밤하늘에 건들거리고 있다.
선뜻 땅에 내리지 못하고 길 잃은 박쥐떼가
급강하하다가 제자리서 우뚝 매달려 있는 형상.
박쥐란은 꿈꾸는 누구의 전생이었을까.

철도원 1

흠집난 침목들이 깔리고 바람만 드나드는
선로 위로 이제 막 옷 갈아입었는지
머리에서 발끝까지 콜타르 투성이로
키보다 큰 사다리를 홀로 메고 온다.
역무원이 걸어온다. 그는 안팎곱사등이다.
잔등이 아득히 휘어져 만취의 나라
취객답게 휘어진 만큼 흔들거린다.
T. E. 흄의 얼굴 붉은 달처럼 철조망 너머로
불콰해지며 웃는다.
한움큼 근심 속에 핀 야생 애기똥풀꽃들이
히죽이 따라 웃는다.
위험방지턱 앞에서 잠시 멈칫거리더니
잘려나간 느티나무 너른 밑동에 한참이나
몸 궁글리고 힘겹게 그 턱에 발을 올려놓는다.
신호등 하나 없는 철길을 가로질러
아무렇게나 쌓아놓은 적막 옆으로
그는 사라져버린다.

철도원 2

긴 골목길 끝나는 곳 돌아나오면 철도가
숨듯이 엎드려 있다.
멀리서 땅 땅 망치 두들기는 소리 들리고 어디선가
무개차(無蓋車)가 돌아나와 텅 빈 삶을 적재하고
이마 맞댄 동네 처마 밑으로
제 힘 다해 키 낮추며 기어간다.
살아온 무게만큼 나무토막, 부서진 안테나,
사금파리, 호루라기 소리, 풍금 소리 등 잡동사니를
싣고 새똥이 흐릿하게 앉은 침목 위를
느릿느릿 간다, 맘 놓고 간다.
끝없이 이어진 철로 위 여름도 뒤따라서
짐 실은 당나귀처럼 터덜터덜 제 갈 길을 갈 뿐
이따금 끊기다 이어놓은 희미한 길이다.
그 길 위에서 갈 곳 없는 시간이 막혀 있다.
아직 햇볕이 따갑다고 함석 지붕
한쪽이 다 삭은 건널목 초소
간수가 앉아서 졸고 있다.

탕 탕 문 두드려도 나올 생각을 않는다.
아무도 없는가.

흐린 날의 병점 2

바람을 가르며 오는 청량리-병점행
지하철 1호선
한강철교를 지날 땐 돌아올 수 없는
먼 피안을 건너가듯 느릿느릿 간다.

자욱이 따라붙는 안개를 따돌리고
구로, 신도림, 가리봉, 관악을 따돌리고
치렁치렁 머리 풀고 건들거리는 수양버들가지에
매운 채찍을 맞으며 전기선로를 끌고 간다.

유리문에 숨어든 햇빛에 기대어
꿈꾸듯 졸음에 빠지는 사이
너와 내가 어깨 부딪치며 한 중심으로
들어섰다고 안심하는 사이
숙취로 간밤 한숨도 못 잔
핼쑥한 얼굴들처럼 병점은 홀연히 나타난다.

낡은 흑백사진 속에 뒤채던 흙바람과 비둘기들
모두 깊은 잠에 빠져 혼곤하다고
야트막한 지붕들이 더 낮게 수그리고 졸고 있다.
병점은 좀처럼 제 본심을 드러내지 않는다.

길 밖으로 나간 신흥도시가 빈 하늘 속에다
제 씰루엣을 내려놓고 섰을 뿐
파편같이 흩어졌던 낱낱의 사연들이
칸칸이 몸 부풀려 또다시
청량리행이라고 덜커덩거린다.

금강호로 떠났다

덕수궁 돌담길 너머
미 대사관저 뜰 안에 흩뿌린
새소리 몇점.
이국종 풀이 연한 귀를 비비는 소리
바람들 사이에서 소문들을 수근대는 소리
민간인이 첫 승선한 금강호
그는 떠났다.
휴전선 일백오십오마일 북방 한계선
적막강산을 뚫고 장전항에 다다른다.
사람들의 목덜미를 흔들어 깨운다.
어디선가 열린 적 없는 쪽문이
열릴 것만 같다.
흩뿌린 새소리 몇점이
슬금슬금 일어나
적막을 향해 힘껏 날아간다.
겁먹은 어둠들이 오랜만에
제 옆구리에서 새벽빛을 가만가만 흘린다.

담 밑에서 잠시 쉬던 달빛이
몸속으로 들어온 불빛을 따라 걷는다.

곰소항

곰소항 선창가
곰삭은 젓갈 내음이 밴
비는 흘러내리고
새벽 어시장이 열리려면
한참을 기다려야 하는 기여,
멍하니 서 있던 한 사내가 양철 지붕을
때리는 빗소리에 화답하듯 중얼거린다.

주룩주룩 사내의 마음을 싣고
내리는 빗줄기
아내를 찾는 일이
죽고 사는 일이 잊혀져서 가볍다.
장대비에 젖는 몸 아랑곳하지 않는다.

즐비한 횟집에선 우동 국물 끓는 내음
벌써 비를 피하는 사람들로 만원이다.
외지인들의 고단한 하루의 시작을

가늘게 채 써는 소리
탁탁탁 칼도마 치는 소리
이따금 개펄로 흘러든다.

멀리 경매인의 요령 소리에
동그랗게 몸 웅크린 빗방울이
투명한 내부를 터뜨리며 무너진다.
흐느낌인지 흐득흐득 빗소리는
무너져서 개펄을 지나
변산바다로 흘러든다.

까페오레

붉은 카펫이 깔린 찻집 까페오레
우유가 듬뿍한 까페오레 한잔 마시며
글렌 굴드의 생음악을 듣고 싶다.
다섯살 때부터 피아노를 친 천재 피아니스트
소심증과 심장병을 함께 앓았던
단구의 그는 요절했다.

손바닥만한 햇살이 은신처처럼 찾아 들어오고
한잔의 커피는 천천히 식어갔다.
몇 음계 낮게 우는 건반 위에
가늘고 파리한 손가락이 겹쳐진다.
우두커니 앉아 그 소리에 귀를 묻던 양란이
보랏빛 꽃잎들을 바닥에 떨어뜨리며
부르르 몸을 떤다.

죽음에 초연했던 그도 조금은 두려웠을까.
한번도 죽어본 적이 없는 죽음에

빈틈 없고자 했을까.
유서를 미리 써두고 그에게 와줄 문상객을
수첩에 미리 적어놓고 다녔다 한다.
곧 닥쳐올 죽음보다도 삶을
더 두려워하고 친구들을 더 염려했던 그.

삶과 죽음의 경계가 잊혀져서
대낮에 흐느낌처럼 흘러나오는 쇼팽의 야상곡
다 끝나갈 무렵 창유리로 붉은 잇몸을
드러낸 채로 웃는 햇살이 들어오다 나간다.
그리로 몸 쬐고 싶다.

이항리

이항리까지 가는 길
사미승같이 떠오른 창백한 낮달이
구름에 빨려들어갔다 나온다.
상류로 가기 위해 나는 재빨리 황어(黃魚)의 몸을 빌
린다.
은백색에서 연분홍으로 번갈아가며 몸 바뀌는 계절
내 안의 강과 바다가 만나는 곳
나의 살 속에도 산란기가 있는지
강에서 나 바다에서 자란 몸
투명한 알을 낳기 위한 긴 여행이 시작된다.
출발지에서부터 험난한 물살이 가로막는다.
바위 틈새 누군가 도끼로 후려치면 피멍이 들고
다시 패대기쳐져서 물살이 치고 박는 소리
녹이 슨 철조망과 버려진 그물망을 돌파하려고
몸 사리길 수십 번 이따금 게거품을 물고 쓰러져야 한다.
맑은 모래와 자갈돌들과 물풀이 있는 여울까지
도착하는 동안 내 몸빛 붉게 붉혀지리.

이항리는 어디인가. 강 상류는 높고 멀기만 하고
곧게 뻗으려 하나 늘 구부러지거나 꺾여 있는 길
내 몸에서 흘러나오는 바다 색깔로 번뜩이며 가야 하리.

어떤 태백

늦가을 태백에 내렸다.
절개지처럼 헐려서 겹겹으로 쌓인 산비알
맑은 햇볕 속 주목(朱木)들이 골똘한 생각에
사로잡혀 하나같이 고개 쑤서박고 서 있다.
그곳에도 삶의 절벽들이 숨어 있을까.

낮차에서 쿨럭이며 내린 사람들은
이미 역 구내를 빠져나가고 텅 비었다.
지난 삶들이 붉은 토사로 유출된
빈 사택들 옆구리마다
바람만 들락거린다.

한때 무성했던 강물 속 수초들이
뜨거웠던 지난 여름에 붉게 삭은
제 몸을 들여다본다.
그 속으로 몰래 들어간 허공 하나가
아무렇지도 않게 쉬 소리를 서늘히 낸다.

누군가 재빨리 그 소리를 낚아채간 민영주택 옥상에
맑은 오줌 방울 빛깔로 햇볕이 날린다.
널린 빨래들이 후줄근하다.
흔들리는 것이 노동이라는 듯 힘겹게 흔들린다.

대낮에도 고요를 돗자리처럼 깔고 앉은
늦가을 태백의 엉덩이가 유난히 하얗다.

산철쭉

산철쭉이 일렬로 피어난다.
아파트 화단 앞으로
일렬이 아닌 것들은 걸어가고
자전거와 인라인 스케이트는 굴러가고
자동차 바퀴도 굴러간다.
바퀴도 없이 굴러가는 것이 있다.
공들여서 만든 인공화단 사이
강원도 어느 깊숙한 산속에서
혹은 홍천강가 세찬 물줄기를 거슬러
수억년 전에 숨 몰아쉬며 태어났을
바위들이 이 도시로 굴러들어왔다.
몸을 굴리며 굴러와 바퀴를 감추고 섰다.
처음엔 자연석으로 굴러왔으나
스스로에게 무지갯빛 나이테를 칼금처럼
새기기도 하였으나
도시적으로 웃고 도시적으로 떠들면서
인공바위가 되었다.

가끔은 쓴 소주잔 같은 세상 이야기가 굴러와
걸터앉기도 한다.
치솟을 대로 치솟은 아파트 고층에서
동굴 같은 산방(山房) 하나 감추어두고
어두컴컴한 바위 틈에서
산철쭉은 스스로 낮아져 붉게 피어난다.

안과병동이 있는 뜰

처음 회진 나온 손전등처럼
하느님의 눈이 껌벅 껌벅 비춘다.
얼굴 파묻은 시린 말들이 그 속에 숨어 있다.
늑골을 보인 몇몇은 두리번거리며
어디론가 사라진다.
제 몸이 누렇게 시드는 줄도 모르고
통째로 돌아앉은 잔디밭
한바탕 훑고 지나가는 돌개바람 속에
키 큰 나무들에 안겨서 눈 감고 있던
어린 잎새들이 갑자기 털려나가는 소리
아직 아무 발자국도 찍히지 않은
네 귀가 반듯한 뜰이 들것에 들려 있다.
품이 넓은 하늘이 낮게 내려와
구름장 같은 누구의 헌 옷을 들고 있나.
귀퉁이엔 넌출 없는 넝쿨식물들이
지독한 근시로 드문 드문 앉아 있다.
병명이 나오지 않았는지 마냥 서성이는

적막들의 뒷모습 캄캄하다.
병동은 멀리 있다.
찰칵! 하느님의 눈에 찍힌 새벽 한컷
후드득 빗방울이 떨어지는 그 일대가 환하다.

모잠비크

가뭄과 홍수와 잦은 내전에 시달려온 모잠비크
늦은 밤에 치르는 장례식은 산 자들의 축제처럼 열린
다네.
눈 큰 뉴개족이 사는 마을엔 모닥불이 타오르고
누군가 새털보다 가볍게 어깨춤을 시작하면
빙글빙글 돌며 춤을 추다가 망자가 지상에 주고 간
추억 몇 토막씩을 불 속에다 던져넣는다네.
각자의 소망과 열망을 밤새워 풀어놓는다네.
하늘로 오를 듯한 징소리 북소리 꽹과리소리
크게 울려와 활짝 핀 화엄 불꽃 세상
격렬하게 춤을 출수록 울음을 안으로 감출수록
망자는 좋은 곳으로 간다고 믿는다네.
영혼은 빠져나가 밤하늘의 별빛으로 떠서
환하게 빛을 발한다고 믿는다네.
한밤에도 오렌지빛 태양이 떠오르는 모잠비크
아직도 축제는 끝모르게 이어지고 있을까.

양수리의 저녁

물안개 핀 양수리의 저녁
바람이 수척한 풀들을 강쪽으로 밀어낸다
가두리 양식장의 노인은 돌아오지 않고
갇힌 물 위를 낮게 낮게 나는 새들의
몸에선 프로펠러 소리가 난다
몇마리는 소리없이 날아가
바위 틈에서 곁눈질을 한다
창백하게 질린 수은등이 납빛 얼굴로
포복하는 저녁을 바라본다
어디선가 물비늘 냄새를 터는 너는
돌아오지 않는다
물 위에서 반짝이기만 하는 시간들
단 한발짝도 건너오지 못하는
이 먼 그리움

샛강

봄이 풀어진 눈매로 강 둔치에
포복해오고 헝클린 머리 강이 파랗다.
실버들이 기지개를 켠다 제 몸 속의
물소리 받아내느라 파랗다.

봄이 제 갈 길 멀다고
절두산 성지 아래 희끗희끗한
잔해로 남았다 안색이 창백한
갈대의 머리채를 잡고
막무가내로 흔든다 무슨 일일까.

누군가 시름시름 앓다가 내버린
마음속의 그루터기들이 집착처럼 남았다.
몸의 가는 신경올을 건드렸을까.
물은 사방 낮게 흐른다.

할로겐 불빛 희미한

비공개 지하 성인묘지 앞 계단에서
대낮부터 한 노파가 무릎 꿇어
일어날 줄 모른다 몇끼의
금식으로 십자성호를 그을까.
우수(雨水) 지나 움츠렸던 청청하늘이
성급히 창문 여닫는 소리.

당산 지나 옛 나루터 자리
간 곳 없고 양화대교만 차들이 어지러이
달려서 소란스럽다.
뒤돌아보면 뿌연 광목천 같은 샛강도
덩달아 서해로 서해로 빠져나간다.

풍경의 소리, 소리의 풍경

박철화

풍경(風景)과 서정(抒情)

노향림 시인이 지난 1998년에 낸 『후투티가 오지 않는 섬』의 맨 끝엔 다음과 같은 작품이 실려 있다.

경비행기들이 일직선으로 사라진 하늘가에
스사스사 아으아으 쇳소리를 내며
숨차게 주저앉는 가을
그들은 모두 어디로 쉬엄쉬엄 흩어져갔을까
담그늘 밑에 까부라져 뒹구는 수레국화 몇점

입술에는 침 마른 하이얀 자국들이
얼룩으로 붉은 물 들었다
그 곁 일렬로 늘어선 갯쑥부쟁이 입술에도
붉은 얼룩물 들었다
오랜만에 이 빠지고 눈 시린 길 버리고
어디 낯선 괴로움의 나라로 갔을까
혹시는?

—「가을 서정」 전문

그런데 곰곰이 이 작품을 읽으면, 제목이 '가을 풍경' 쯤으로 바뀌어야 하지 않을까, 하는 생각이 든다. '언어로 그림 그리는 화가'라는 이름을 얻고 있는 시인이기에 아마 모르지 않았을 것이다. 풍경은 시인의 손에, 아니 영혼에 훨씬 더 가까이 있을 테니까. 하지만 그는 일부러 '서정'이라는 이름을 붙인 것으로 보인다. 마치 경(景)과 정(情)은 하나라고 말하는 것처럼. 이 점을 시집 해설자인 이숭원은 적확하게 지적하고 있다. "이 크고 작은 풍경의 단면들이 모여 이루는 시의 화폭에는 아련한 비애의 음영이 드리워져 있고 뭐라고 명확히 규정하기는 어려우나 분명 아름답고 애틋한 회한의 정조가 흐르고 있다. 요컨대 독특한 서경과 서정이 상호 침투하면서 자아의 내면

을 드러내는 데 노향림 시의 개성적 특질이 있는 것이
다."(「정적의 아름다움과 생의 아이러니」, 『후투티가 오지 않는
섬』 111면)

빈 공간과 소리

　이번 시집에서도 이러한 시인의 세계는 지속적으로 이
어지고 있다. 그래서인지 하나의 풍경을 얻으려는 시인
의 화폭은 자주 비어 있다. 그 텅 '빈' 공간이 있어야 '말'
을 풀어놓아 하나의 풍경을 그릴 수 있기 때문이다. 시인
을 사로잡고 있는 빈 공간이 첫머리에서부터 모습을 드
러내는 것은 그러한 이유에서일 것이다.

　가는 해와 오는 해 사이

　묵묵히 고개 숙여 수많은 생각을 하고

　수많은 행복이 자갈돌들로 깔려서

　반짝이며 있는 곳

아이들이 무성생식(無性生殖)의 열매 같은 젖망울을
내어놓은 채

제기차기를 하며 한가하게 놀고 있는

근심 없는 카드 한장의 빈 터

—「편지」 전문

이 '빈 터'가 시집을 열고 있다. 그런데 이번 시집에는
새로운 모습이 보인다. 그것은 '소리'의 출현이다. 시인
의 풍경 곳곳에서 소리가 울려나오기 때문이다. 「가을
서정」의 "쉿소리"처럼 말이다. 그것은 지나치게 정적으
로 보일 수 있는 풍경을 뒤흔들면서 노향림의 시세계에
변화를 주고 있다.

찻집 지붕은 푸르다. 나는 시간을 벗어버리고 커피
나 한잔, 에스프레소 진한 맛을 오래오래 음미한다. 갈
매기들이 다시 바닷가로 아주 느리게 날아가는 소리.
새들도 나처럼 야행성일까. 그들이 창문을 스쳐지나가
다 긁힌 자국을 숨죽이며 바라본다. 내가 음악을 다 듣
는 동안 열어놓은 반달 같은 쪽문으로 세찬 바람도 함

께 들어왔다 나간다. 벼랑 위의 집 아래엔 텅 빈 바다
가 언제나처럼 음악 소리로 은은히 펼쳐지고는 한다.

—「음악」 부분

　그런데 시각적 형상화에 자신을 던져온 이 풍경의 시
인이 의도적으로 내세운 청각으로서의 소리란 무엇일까?
이번 시집의 제목에 들어 있기도 한 이 소리를 이해하기
위해서는 약간의 미학적 고찰이 필요할 것 같다.

　인간이 가진 오감 가운데 청각은 독특하다. 다른 감각
의 재질은 모두 무생물로부터도 발생 가능한 것이나, 청
각의 기본 질료인 소리는 그 자체가 살아 있는 것들만이
만들어낼 수 있는 것이다. 심지어는 무생물과 무생물의
접촉에 의해 발생하는 소리라 할지라도 그 안에는 생명
체와 유사한 어떤 움직임이 존재한다. 바람소리도 마찬
가지다. 움직임이 없고서는 어떤 음도 존속할 수가 없다.
아니 어쩌면 움직임의 역동성 자체가 소리이다. 게다가
그런 움직임으로서의 소리와 소리의 결합으로 이루어지
는 음악은 일종의 순수한 추상적 질료로서 어떠한 실제
적 대상을 지시하지 않는다. 음악은 이처럼 실체가 지워
진 빈 공간이며, 그 안에서 우리는 '가시적 세계의 제한
을 뛰어넘어 움직임'으로서의 내적인 생명의 자유를 얻

는다. 음악학자 빅토르 쭈커칸들(Victor Zuckerkandl)은 이렇게 적고 있다. "음악은 그 자신을 눈의 세계 속에 합치시키지 않는다"(『소리와 상징』, 예하 1992, 11면) 음악의 이러한 초월성은 음악이 유한한 인간의 언어 이전에 신과 인간을 연결하는 제의의 가장 기본적인 요소였다는 점을 상기하면 쉽게 납득할 수 있을 것이다. 음악은 처음부터 어떤 물질적 지시대상에 속해 있지 않음으로써 정신과 감각의 무한한 유추와 암시가 가능해지는 공간이며, 음악을 듣는 행위는 바로 그 공간을 통해 현실 세계의 경계를 넘어 미지의 무한한 세계로 향하는 열차에 오르는 것과 같다. 그리하여 월터 피터(Walter Peter)의 "모든 예술이 음악의 상태를 바란다"(앙리 페이르 『상징주의란 무엇인가』, P.U.F. 1979, 42면에서 재인용)는 주장은 단순히 상징주의 시대로 그 효력을 제한받은 미학 독트린만은 아니다. 보들레르가 "주체와 대상, 예술가 자신과 외적 세계를 동시에 아우르는 암시의 마술"이 바로 예술이며, "진정한 예술작품의 존재 이유란 마르지 않는 암시의 샘이 되는 것"이라고 지적한 것처럼, 예술이란 어떤 '환기(suggestion)의 주술(invocation)'을 통해 예술가와 수용자가 서로 스며들 수 있는 하나의 상징적 공간이며, 그 공간은 감각의 물질적 한계를 초월한 음악을 통해서 최대치로 실현되는 것이기 때문이다. 아무것도 의미하지 않음으로써 동시에 모든 것을 암시할 수 있는 자유가 음악에는 존재한다. 아니 그 자유 자체가 음악이다.

풍경이 그러하듯이 소리도 공간을 필요로 한다. 노향림의 빈 공간에서는 바로 그 풍경과 소리가 어우러진다. 하지만 그렇다고 해서 이것이 반드시 조화를 의미하지는 않는다. 오히려 그것은 불협화음에 가깝다. 여기에 그의 시세계의 중요한 의의가 담겨 있는데, 영혼의 불협화음이야말로 낙원에서 추방당한 우리의 현대적 삶에 대한 시인의 정직한 반응이자 예리한 질문이기 때문이다.

깨진 종소리

그래서일까? 노향림은 밝은 햇살을 보고서도 거기서 깨진 종소리를 듣는다.

해에게서
언제부턴가 종소리가 난다.
은은히 울려 퍼지는 소리 앞에
무릎 꿇고 한데 모으는 헌 손들

배고픈 영혼들을 위한 한끼의 양식이오니
고개 숙이고 낮은 데로 임하소서
하늘이 지상의 빈 터에다 간판을 내걸었다.
무료 급식소,
무성한 생명력의 소리 받아먹으려고
고적함을 견디며 서 있는 길고 긴 행렬
깃털처럼 야윈 몸들을 데리고
될 수 있는 한 웅크린다.
아무것도 움직여본 적 없고
스스로를 쳐서 소리 낸 적 없는 몸짓이다.
바람이 조금만 불어도 파동치는
해에게서는
수세기의 깨진 종소리가 난다.

—「해에게선 깨진 종소리가 난다」 전문

우리들의 일상에 대한 시인의 관찰은 조화로 귀결되지 않는다. 보들레르가 『악의 꽃』의 「금이 간 종」에서 "나, 내 영혼은 금이 갔구나" 하고 탄식하는 것처럼, 시인의 소리는 결코 맑고 밝지 않다. 거기에는 슬픔과 고통이 진하게 묻어 있다. 왜 아니겠는가? 『후투티가 오지 않는 섬』에서 이미 시인은 자신의 존재가 '녹슨 악기'임을 밝히고 있다. 「가을 서정」의 바로 앞에 놓인 「노래」를 통해 말하고자 하는 바가 그것이다.

몸 속에서 누군가 재앵 쟁
녹슨 악기를 흔드네.

(…)

오늘도 고장난 내 몸 속을
수리하면 재앵 쟁
몸 가볍게 비워
맑게 목청 트일 날 다시 올까.

—「노래」 부분

시인은 "햇빛이 맑게 / 목청 트는 소리를 내고 싶다."(「옥탑방」) 하지만 불행하게도 노래를 부르는 그의 목청은 맑게 트이지 않는다. 몸이 여러가지 질병에 붙들려 있어 "노래는 알 수 없는 슬픔으로 알알이 맺혀서 / 나에게로 서늘히 노 저어 온다."(「깊고 푸른 밤」) 아픈 몸과 "다 해진 내 영혼의 뒤켠"에서 새어나오는 불협화음은 신음이 되기도 하고, 불면의 벽시계 소리로 울리기도 하며, 심지어는 죽음의 곡소리로 변주되기까지 한다.

곡(哭)소리는 깊게 팬 처마를 따라 오래 떠돌다
어디에도 내려설 곳 없어 느리게 반복되다
문득 끊기었다.
새벽을 알리는 둔탁한 벽시계 소리가
시린 잠 속으로 내리꽂혔다 사라지곤 하였다.
—「깊고 푸른 밤」부분

물론 시적 화자의 몸의 질병은 실제 시인의 것일 수도 있다. 하지만 그것은 돌아갈 고향을 잃어버린 현대인이 처해 있는 존재 상황에 대한 비유이기도 하다. 그렇기에 시간은 고통스러운 것이며, 시계 소리는 "둔탁"하다.

소리의 풍경

몸과 마음이 아픈 시인의 빈 공간에는 언제나 소리가 있다. "한때 무성했던 강물 속 수초들이/뜨거웠던 지난 여름에 붉게 삭은/제 몸을 들여다본다/그 속으로 몰래 들어간 허공 하나가/아무렇지도 않게 쉬 소리를 서늘히 낸다.”(「어떤 태백」) 소리에 대한 시인의 감각은 그래서 아주 예민하다. “아무리 귀를 막아도 들린다.”(「낯익은 봄」) 남들이 듣지 못하는 소리를 듣는 것도 그 때문이다.

> 밤이면 노송들 사이에서 포효하는
> 울음소리 나만이 듣네.
> 안면은 내 안면에 잠 같은 건 주지 않네.
> 백사장에 발목 삔 기억의 저편에서
> 아직도 내 늑골에 유령처럼 떠다니는 안면
> 침몰하는 시간만 내게 주는 몸짓으로
> 밤을 하얗게 지새라 하네.
>
> ──「안면도」 부분

그것은 “나만이” 듣는 소리다. 시인에게 불면과 야행성(夜行性)을 부르는 이런 소리가 도처에서 들린다. 그 소리는 위에서 언급한 바 있듯이 적지 않게 죽음으로 이어진다.

> 그가 생전에 즐겨 듣던 음악이 밤새
> 하늘 속으로 노 저어간다.
> 조객들이 왁자지껄 떠들며 들어갔다 나온다.
>
> ──「깊고 푸른 밤」 부분

도로 중간에 주차한 구급차 한대
오랫동안 꼼짝 않는다.
누군가 이승을 떠났을까.
차문이 열리고 기사가 올려다보는
구름밭 속으로 막 건너가다 들킨
짧은 햇살의 뒷몸.

벼랑길을 따라서 세상 속으로
낮게 포복해가는 바람소리
후문을 지탱해주는 힘은 높고 험한 벽이다.
—「도원길」 부분

물 다 뿌린 조리대의 구멍이
어느덧 퀭한 눈으로 나를 바라본다.
그 폐쇄회로 같은 시간의 구멍에서
같은 날 이승을 떠난
두 사람의 시인.

미처 지상을 빠져나가지 못한
정물들이 종일을 젖은 채로

뒤척이는 소리.

—「살아 있는 날의 슬픔」 부분

시인의 소리는 이처럼 생명의 노래라기보다는 비애와
죽음의 장송곡이라고 볼 수 있다. 봄의 꽃조차도 "근육위
축증"을 앓고 있을 정도로 말이다. 그러니 시인이 피는
꽃이 아니라 지는 꽃을 보는 것도 어쩌면 당연한 일이다.
소리는 생에서 죽음으로 넘어가는 '경계'를 이룬다.

꽃들이 지면 모두 어디로 가나요.
세상은 아주 작은 것들로 시작한다고
부신 햇빛 아래 소리 없이 핀
작디 작은 풀꽃들,
녹두알만한 제 생명들을 불꽃처럼 꿰어 달고
하늘에 빗금 그으며 당당히 서서 흔들리네요.
여린 내면이 있다고 차고 맑은 슬픔이 있다고
마음에 환청처럼 들려주어요.
날이 흐르고 눈비 내리면 졸졸졸
그 푸른 심줄 터져 흐르는 소리
꽃잎들이 그만 우수수 떨어져요
눈물같이 연기같이

사람들처럼 땅에 떨어져 누워요.
꽃 진 자리엔 벌써 시간이 와서
애벌레 떼처럼 와글거려요.
꽃들이 지면 모두 어디로 가나요.
무슨 경계를 넘어가나요.
무슨 이름으로 묻히나요.

— 「꽃들은 경계를 넘어간다」 전문

"여린 내면"이나 "차고 맑은 슬픔" "환청"일 뿐이다. 현실은 예정된 시간에 따라 지는 꽃처럼 죽음의 그림자가 드리워져 있다. 물 흐르는 소리도 생명의 노래가 아니라, 죽음으로의 행진곡인 것이다.

환청 혹은 몽유

노향림의 세계를 물들이고 있는 이처럼 도저한 비관주의의 기원이 무엇인지는 여전히 잘 드러나지 않는다. 육신의 아픔, 영혼의 균열? 잘 모르겠다. 어쨌거나 현대인이 처해 있는 상황에 대한 은유임에는 분명해 보인다. 그는 감정의 분출이 최대한으로 절제된 풍경의 시학에 소리를 집어넣음으로써 오히려 그의 비관주의를 공명시키고 있다. 그의 시세계를 들여다보는 순간, 시선 이전에 소리에 감염되는 것이다. 일상을 뒤덮은 이 음울한 소리와 노래와 음악을 어떻게 할 것인가?

그래도 아직 시인보다 한참 젊은 나는 그 비관주의에서 빠져나와 그가 '환청'이라 명명한 세계를, '몽유'의 세계를 들여다본다. 거기에도 어김없이 소리가 있다. 풍경의 소리. 나는 그 소리를 듣고 싶어 귀를 가져다댄다. "눈 녹는 소리가 몇방울씩 뚝뚝 떨어지"는 공감각의 세계가 그 안에 있다. "이 먼 그리움." 그것이 설령 다음 생의 것이라 할지라도 나는 그것을 "받아 적"는 시인을 본다.

이번 생말고
내 죽어 다음 생 꿈꿀 수 있다면
만년설 휘덮인 히말라야의 도도한 거봉쯤
폭설 치는 변덕스런 날씨 속에 태어나리.

아무데서고 만나는 빙산 사원
혹한 속에 해체된 육신과 영혼 모두를
눈빛 날카로운 야생의 날짐승에게 황홀하게 먹히도록
폭설과 바람 떠메고 온 순례자처럼 나뭇가지에

흰 천 붉은 천 알록달록 걸어놓으리.

가난도 기꺼워 늘 행복해하는 순한 고산족 되고
나뭇가지에 소중히 간직한 종이돈을 펴 공손히 바치듯
눈꽃 핀 한조각 영혼에게 조금만 더 머물다 가며
금빛 짧은 해 쨍쨍한 하늘을 향해
이마 서늘해지도록 기도하리.

설산에서 흘러내리는 차고 맑은 물 한방울도
소중히 여겨 손바닥 적셔 세수를 하리.
환하게 눈 녹는 소리 몇방울씩 뚝뚝 떨어지면
받아 마시리 받아 적으리.

칼끝 같은 빙벽을 향해 소리치며 올라가는
메아리를 동무 삼아 자꾸만 올라가면
그새 몇시간이 지나가고 일평생이 지나가고
눈 깜빡 선잠을 깨치리.

—「몽유 2」 전문

朴喆和 | 문학평론가·중앙대 문창과 교수

시인의 말

햇살 맑은 날이다. 강이 바라다보이는 곳에 사는 것은 큰 행운이다. 어린 시절 바다가 보이는 집에 살았던 기억을 되살려주기 때문이다. 그땐 파도가 절벽에 마구잡이로 부딪쳐서 무서웠다. 수십년이 지난 뒤 그 소리는 이따금씩 절벽에 부딪는 음악소리쯤으로 들려오곤 한다. 벼랑 위에 떠 있던 집 한채. 가파른 벼랑처럼, 시가 쓰면 쓸수록 어렵고 또 두려운 존재로 다가온 날도 이런 날이다. 그렇다고 회한만이 오는 것은 아니다. 나의 시선이 닿는 물상이나 자연물이나 사람들까지 모두 내 시적 감성을 되살아나게 한다.

햇살이 따갑다. 여름이 오면 곧 가을을 맞아야 한다. 나의 눈을 강하게 쏘는 빛일수록 그 햇살 속에서는 가없는 종소리가 나는 것 같다. 파도소리에 길들여진 나의 청각은 해에게서도 소리를 듣는 것이다. 그 소리를 놓칠 리가 있겠는가. '해에게선 깨진 종소리가 난다.' 이 시집 속

에 등장하는 로드리고는 보이지 않는 눈으로 누구도 흉
내낼 수 없는 빛의 알갱이를 한자 한자 악보에 찍는다.
나는 그 빛의 알갱이를 받아 부러뜨리고 또 부스러뜨렸
다. 한밤에 몇시간이고 앉아서 하는 반복된 작업. 나는
그것을 마다하지 않는다. 강렬한 빛을 희구해 한자 한자
백지 위에 적는 일은 결코 소소한 작업은 아니다.

　시와 함께 호흡한 지도 꽤 오래되었다. 7년 만에 이 시
집을 묶었다. 편편마다 나의 투시력과 직관이 살아서 독
자들 가슴에 오래 남아 있기를 빈다.

2005년 여름
노향림

창비시선 250
해에게선 깨진 종소리가 난다

초판 1쇄 발행／2005년 7월 20일
초판 2쇄 발행／2005년 11월 30일

지은이／노향림
펴낸이／고세현
편집／김정혜 문경미 안병률 강영규 김현숙
미술·조판／정효진 한충현
펴낸곳／(주)창비
등록／1986년 8월 5일 제85호
주소／413-756 경기도 파주시 교하읍 문발리 513-11
전화／031-955-3333
팩시밀리／영업 031-955-3399 · 편집 031-955-3400
홈페이지／www.changbi.com
전자우편／literat@changbi.com

ⓒ 노향림 2005
ISBN 89-364-2250-2 03810